우리의 초능력은
우는 일이 전부라고 생각해

우리의 초능력은
우는 일이 전부라고 생각해

윤종욱 시집

민음의 시 274

민음사

인간과 인간 이후, 현실과 비현실, 정상과 비정상, 상식과 비상식, 존재와 부재, 우연과 필연, 천사와 악마, 신과 미신, 괴물과 식물, 중력과 부력, 기억과 히읗, 언어와 비언어, 발화와 발설, 눈길과 불길, 완전체와 익사체, 대낮과 한밤중, 맑음과 흐림, 표면과 이면, 외면과 내면, 수면과 불면, 수면과 익사체, 생각과 망각, 이해와 몰이해, 노력과 무기력, 봄과 몸, 마음과 마음, 영원히 메꿀 수 없는 꿈에 대해, 안과 밖, 두 팔을 꿈속에 놔두지 마세요, 잘과 못, 옳고 그름, 겁과 비겁, 여름과 지난여름, 너와 나, 너와 우리, 너의 무한한 이름과 우리의 무한하지 않은 이름에게

2020년 여름
윤종욱

차례

3부

1부

누구에게

한때 우리의 모든 울상이었던
너에게
기립하는 자신과 직면하게 될 무렵을 선물할게
아직은 작은 무게뿐이지만
형용할 수 없을 만큼의
형용사를
너의 죽을 것 같은 기분 앞에다 둘게
내일보다 조금 더 앞쪽에
괄호를 열고
문어체에 가까운 몸짓으로 채워 넣을 때
구석진 곳으로
구석들을 몰아세우며
누군가이고 싶은 우리는
너의 호명과 동시에 거의 주저앉을게
머리끝까지 쌓아 올린 인간의 형태까지
와르르 무너질 것처럼
흔들리는 밤하늘과
밑바닥보다 조금 더 밑에서 바라본
너의 본모습을 기대할게

이인칭에서 한 발짝 올라선 네가
다시 너일 수 있기를
인간적이거나 비인간적인 너에게
단지 누구누구일 뿐인
우리에게
우리는 세상이 끝난 줄도 모르는 채
졸린 눈을 비비다가
아는 얼굴들 사이에 몰래 숨어든
너의 악마를 찾아낼게
너에게 쉽게 오지 않는 어느 여름이 될게

철학자

얕은 얼굴 속에서 잠영하고 있는 내면에게
다른 누구도 아닌 누구에게
인간 이전의 언어로
모르는 노래를 부를 수 있다면
머리 밖에서
우두커니 턱을 괴고 앉아 있는 생각과
생각보다 비좁은 이름에게
발 디딜 곳 없는
이야기에게
빛줄기를 딱 잘라 말하기 위해
혀끝을 벼리고 있다면
나는 몸이기를 그만둔 몸짓을 추슬러
잠 속에 밀어 넣으며
개켜지지 않는
너를 향한 마음을
나는 푸른색의 무게를 재기 위해
수없는 새벽을 매달아야 하고
그러나
슬픔이라는 어떤 장소는

며칠 후의 날씨쯤이거나
먼눈들에게 둘러싸여 있을 것 같아서
헤쳐 나갈수록
사방으로 뒷걸음질 치는
경험은
사람이라는 현상에 무뎌지는 일
착시처럼
난데없이 서로를 마주치는 일이라면
이 모든 잠꼬대에게
영원히 되풀이되는 불면을 기다릴게
나는 내일까지 몰락하고 있을게

철학

축 늘어진 두 팔의 끝에 무용론이 들려 있다

왜 우리는 꿈 밖으로 범람할까요

우리는 육체라는 절취선을 긋고 있었는데

얼굴과 표정은 손쓸 새 없이 분리되어 가는데

접착력이 다 되었구나 그런 생가

이별은 떨어지는 일이 다가 아니라는 생각과

우리의 무게중심은 떨어지지 않는 입에 있습니다

우리는 늦은 여름을 잘라 놓은 단면 같아 보인다

들숨에 횟가루를 되게 뒤섞은 것 같이

우리는 깎아지른 듯한 비정상의 해발고도에서

어떤 말들은 눈물로 나눗셈할 수 있어서

잠자코 있는 것이 죽은 공기를 쌓는 일이었다면

훔쳐 온 걸음걸이로 걷고 싶다

우리는 인간 이전을 향해 도움닫기 하자

우리는 들리는 것들에게는 귀를 기울이지 않고

우리 사이의 공간을 괴물이라고 부르기

우리의 초능력은 우는 일이 전부라고 생각해

몇 번을 씻어도 끈적끈적한 안녕

콘텍스트

너는 아마 개인적인 언어일 것이다
말도 안 되는 너는
말줄임표를 중얼거리는
너는……
뜻밖에서
결별을 손에 들고 있는 너는……
아무 날들과 구별될 것이다
절취선이 없는 생각은
전혀 다른 자신에게 이입되려는
걸음은
느린 시간을 밟고
제자리에 멈춰서는 너를 본다
어떤 너는
일인칭에 가까워진 것처럼 보인다
육면체가 된 것처럼
힘겹게 쌓아 올린 공기는
가는 빗발에
쏟아질 듯 흔들리는 얼굴은
네가 눈 속에 가라앉은

괴물체들을 건져 내는 순간을

잘 마르지 않는

두 손은

철학으로 득시글거릴 것이다

왜 너의 혀끝은

두 갈래로 갈라지는지

기도 또는

쓴맛이 나는 쪽으로

되씹던 여름밤을 삼키려는 것인지

끝없이 인용되는

울음보는

우리의 출처는 다음 단락에 나온다

우리 존재는 부재의 산물

너는 팔이 없는 흉상을 짊어지고 있었어 내일이 모여드는 곳으로 가고 있었는데 그것이 뒷걸음질이었는지도 모르겠어 열을 맞춰 늘어선 너의 퇴화는 너무나 아름답다 먼발치의 여름은 검은 드레스를 벗고 있었고 네가 낼 수 있는 최저의 빠르기로 너는 녹아내린 생식기를 핥고 있었지

수심이 깊은 곳에서 너는 머릿속을 발라내고 있었지 머리맡에 쌓아 둔 기억력은 형체를 알아볼 수 없을 만큼 물크러져 있었고 우연들이 그랬던 것처럼 너는 어디선가 본 듯한 얼굴이 되어 있었어 하지만 맹목적인 믿음은 눈이 있다고 믿는 것 마치 네가 언어의 젖은 냄새를 맡는다는 것

너는 아마 감탄사에 가까웠을 것이다
한마디 말도 안 되는

단계적으로

우리는 상투적인 호칭이 되자
슬픔을 환기하기 위해
얼굴을 열어 놓은 우리는
정면이 없이
측면과 빗면에 둘러싸여 있는
우리는
먼눈의 어느 구석에 유기된 채
모든 결별을 이야기해 보자
수직으로 내달리는 달리기를
허공은 허들만큼 높고
은연중에
온밤의 몸을 빌린 우리가
가느다란 목을 땋아
개인의 언어를 만드는 동안에도
애간장을 끓이자
우리는 기척을 숨기지 못하고
형체들을 들키고 있지
농담이 없는
보편적인 하루의 계단들을

내일 쪽으로 넘어진
의자의 위치를
우리는 눈물이라고 부르자
물살을 밟고 선 우리를
기나긴 자살이라고 부르자
다 죽어 가는 목소리로
정체가 밝혀지기 직전인
괴물체의 마음으로

재생

— 밤의 결말

우리가 방에서 갈라져 나왔을 때
우리는 직립할 수 있었어요
열에 들뜬 모습으로
차가운 맨발을 딛고 서 있었는데
있지 않기 위해
헛것을 밀쳐 내며
생활은
쏟아진 내장을 주워 담으려는 시도처럼
우리는 낮은 시력에 매달린 채
온밤에 침착되어 있었어요
침착한 우리는
옳고 그름을 구별하고 있었는데요
뼈를 발라내고 남은 말들을
곱씹거나
우리는 반 토막이 난 혀였다거나
탄생은 왜 돌이킬 수 없어요
물살 옆에 놓인 일분일초는
멀미에 휩쓸리고 마는
우리는

정맥을 잘라 푸른 새벽을 만들고
새벽의 출구에는
표백된 꿈을 걸어 두었어요
영원히 마르지 않는 꿈을
미동에도
기필코 떨어지려고 하는
우리는 주저앉은 포말 속에서
웃풍에 시달리고 있었는데
빌어먹을 혈통은 왜 자꾸 확산돼요
확신이라고 읽히는
그 얼굴들은
우리가 괴물과 식물을 교배시킨
잡종이었어요

있지 않기

내가 재단한 생각은 품이 좁고
기장은 길어서
바닥에 질질 끌리는 머리는
겹은
컵 속에 담겨 있었다는 듯 엎질러지고
닦아 내지 못한
미끌미끌한 표정은
혀끝의 이물감은

내가 육체에 대한 변명이라면
내가 벗은 살가죽은
삐쩍 마른
춤은

나는 나의 부재를 증명하는 것이다

누운 자세의 바깥에서
들여다본 눈은
난시는

두 개의 시각으로 시간을 짐작하는 것
미간을 구겨
불안에 던져 놓은 것
걷히지 않는 수증기는

걷지 않는
나는

모든 실연에 대해 이야기해 보자

원년

지난날은 너와 내가 동시에 꾸는 꿈

콘크리트로 굳혀질 너와 나의 공기

얕은 물 위에 떠 있는 저 뒷모습은

현실은 내장을 뒤집어쓴 채 추는 춤

머리를 에는 듯한 영하의 생각들

뇌를 파먹은 희망적이라는 벌레가

필연은 악마의 형상을 하고 있다

수면 아래로 가라앉지 않은 실족들

해답은 눈의 뒷면을 닦아 내는 일

너와 나는 한 번씩은 태어나는걸요

어둠이 있었다

　어둠의 곁에는 여전히 흰 밤들의 잔해가 떠밀려 와 있었
다 악몽의 여진이 하릴없이 반복되고 있었다 머리에서 걸
어 나온 실루엣이 침묵을 대낮처럼 치켜들고 있었다 늦여
름의 길어진 촉수가 뒷모습마다 점액질을 묻히고 있었다
햇빛의 뒷면은 새카맣게 그을려 있었다 그 뒤에 다인칭으
로 읽히는 유일신이 있었다 절벽들이 벌어진 입을 향해 동
시다발적으로 기어오르고 있었다 수십 개의 빈 의자가 텍
스트 위에 집요하게 놓이고 있었다 일광욕을 하던 사람들
은 머리 몸통 팔다리와 명도 채도 색상으로 나뉘어져 있다
어둠의 곁에는 지난 일요일이 악착같이 들러붙어 있었다
여전히 누구의 이름으로부터 날내가 끼쳐 오고 있었다 누
구든지 자신에 관한 편견을 가지고 있었고

　어둠의 곁에는 영원히 어둠만이 없었다

　우리는 촘촘해진 어둠을 헤집으며 가까스로 돌아갔다
우리는 짧은 피크닉으로부터

현실적인

우리는 젖은 손으로 머릿속을 뒤적이고 있었지
기억나
우리의 육체는 깊은 생각에 잠겼고
축축한 속도에 달해 있었지
기억나
좀이 쏠은 얼굴은
실은 늦은 밤에게서 빌려 온 것
갚아야 할 슬픔이 너무나 많은데
멈춘 것처럼 보이는 물살은
거울이었다는 것은
기억은
머리를 계단 아래로 굴려 보내는 일이고
혀가 범람하는 순간을
내내 더듬어 보는 일
우리는 부력이 부쩍 줄어들어 있었지
기억나
우리가 말하려는 오해를
기역부터 히읗 사이에 갇힌 입 모양들을
멀리 던져 놓은 시선은

아름다움에 걸린 채 끊겨 버렸고
믿을 수 없을 만큼
현실이 그곳에 있었어
지나가지 않는 지난날이 우리에게 있었지
급류에도
잘잘못에 더 휘말리는 우리에게
우리는
머릿속에서 진흙을 파내고 있었고
더뎌지는 오늘과
함몰의
기억나 우리는
우리를 연습하는 동안 거의 존재했었잖아
사람이나 다름없었잖아

비현실적인

너는 직각으로 만들어져 있는 것 같다
머릿속으로 쏟아지는 진눈깨비의 연장선상에서
사람이라는 끄트머리에서
너는 자장가를 부르며
옆을 걷는다
너는 몰이해 위의 걸음걸이 같다
내리막 위의
무딘 마음가짐 같고
너는 어스름이 뻗은 손을 붙잡고서
너의 표정과 앞서거니 뒤서거니
불안은
발끝까지 걷잡을 수 없이 번진 불길
너는 마치 제각각인 생각 같아서
곧 너를 잃을 것만 같아서
실현은 늘 일시적이고
현실은
축축한 잠에 닿아 있는 것 같다
잠 속에서 짓물러 가는 육체 같고
입속에서

하염없이 불어나는 푸른 밤처럼
너는 범람하는 혀를 말하고 있는 것 같다
혀가 저지르는 침몰들을
느닷없는 고백을
지혜라는 것은 돌로 만들어진 것 같아서
가장 밑바닥에서
진창이 된 문장 사이에서
나는 아직 공간이 되지 않았는데
열병을 헤집고
비대해진 네가 들이닥치고 있다

못

얼굴은 미닫이문 같아서
나는 내부가 반쯤 드러나 있었는데요
익사체 같은 것이 떠올라 있었는데
표정의 제자리에서
좀이 쏜 여름밤을 발견하기도 했고요
그러나 한번 울어 버린 마음은
쭈글쭈글해진 공기들은
반듯이 펴지지가 않아서
나는 수심을 늘리는 데 활용되고 있었어요
나는 오랜 시간 고인 물이어서
나는 진창이 섞인 말이어서
나는
제일 근처의 종말을 향해 기어가다가
어질러 놓은 머릿속을 디디다가
자꾸 미끄러지는 두 발과
표류하는 두 눈과
나에게서
못이 드러났을 때부터
나는 한순간도 나를 잊어 본 적 없었어요

내가 썼던 비유들이

실현되려는 것인지

나는 햇살의 살점을 발라내고 있었는데

얼마 남지 않은

이별 다음의 관계는

나는 뒷모습만으로 이루어졌다거나

나는

빈 얼굴 속에 틀어박혀

나는 물거품을 만드는 데 재활용되고 있었어요

반쯤 닫힌 결말이 있었는데요

나는 매시간 멸종되고 있었는데

직전의 말

곳곳에 쓰다 만 시간들의 목을 매달고
슬픔은 관성처럼 온다
우리는 흉상이 붕괴된 사람
일상의 아래에서
진자의 춤을 추는 사람
희망은 부패한 물에서 들끓는 거품 같다
악취를 풍기며
우리는 증발하지 않는 기체
혓바닥보다 낮은 곳에 괸 채
발화를 기다리는 동안
말 이전의 말은 더욱 무성해지고
풀을 뽑듯
웃자란 마음을 뿌리째 뽑을 수 있다면
우리가 뿌리친 손이
여름날이어서
우리는 아름다움에 대한 내성이 없어서
우리는 달리기 위에 서 있는 것 같다
수십 개의 의자를 쌓으며
우리는 사람과 동일시되려는 노력

직립은 디딜 그늘이 비좁아서
생활이라는 것은
우리는 얼굴이 비대칭이던 모든 순간
반쯤 열린 얼굴 속에
온밤을 구겨 넣던
걷잡을 수 없을 그때들과
우리는
눈코 뜰 새 없는 머릿속의 속도는
끝에 가서는
우리가 우리의 악몽을 망쳐 버린다

나의 측면에서

나는 너의 지난 일요일을 기다리고 있다
네가 드나들던 말문을 닫으며
나는 입속으로 들어와
서걱거리는 모래처럼
노력은
잘려 나간 두 팔로 온밤을 끌고 다니는 일
기도를 통해
몸속에 협곡을 쌓는 일
가파른 표정에 매달려 한참을 버티는 일
이를 악물고
나는 난간 앞에서 너를 내려다본다
까마득한 수심과
파고를
너의 위로…… 세워진 다리들을
나는 무너지려는 충위를 이해할 수가 없다
나는 일상의 아래층에서
수십 개의 의자를 딛고 있다
빛줄기에 엉겨 굳은 나를 발라내면서
육체를 벗어 둔 곳을 깜빡하면서

네가

불면과 한통속이라는 것

머리맡에는 온통 부리뿐이었다는 것

머릿속으로 함몰된 나와

삼인칭으로 서술된 나는

너에게 했던 말에 골몰하며

나는 나사였으며

그 맥락에서

나는 너의 지난 일요일을 기다리고 있다

그 말은 샛노랗다가

검게 변하려고 한다

천사

네가 심연에서 태어나 두 눈을 이해하지 못하기를
네가 수중에 가진 것이 소멸뿐이어서
너의 손과 발은
백일몽이기를
흰
죽음들의 머리맡이
너에게 비언어로 들리기를
너는 인간의 방식으로 분열되기를
목이 빠지는 방식으로
네가 기다림 끝에 들이키는 숨이
구렁이기를
헛디디기를
마침내
마음을 접질리기를
네가 단 몇 음절의 대명사로 불리기를
눈물을 지칭하는
속도로
그리고
영원히 추락하는 얼굴로

네가 너의 필요악이기를
네가
비현실적인 현실이기를
악착같이
바닥보다 한 칸 아래에 엎드려
위의 것을 바라본다

인간 이후

우리는 인간 이후를 향해 기어오르고 있어요
비가 온 뒤에 그곳이 기다리고 있을 거예요
우리가 하는 말은 실족에 가깝고
너에게 들었던 말을 너에게 처음 하는 것처럼
너의 입속에 양팔을 집어넣고
고백을 꺼내다가
유리로 된 몸을 관통하다가
우리는 인간이라는 공간에 점점 더 늦어지고 있었는데
우리는
몸속에 불을 피워
마음을 밝히다가
연기가 된 시간을 만지작거리다가
우리는 수백 페이지의 멜랑콜리를 써 내려갔어요
실물 크기의 밤들을 엮어
천사라는 것을 만들어 내다가
게다가
우리는 꽃에게 생식기를 내보이며
우리를 행동으로 함축시켜 놓았어요
일란성같이

대칭 위에 우리를 눕혀 놓고

혀를 파내다가

비닐 같은 온종일을 하나하나 찢어발기다가

우리는

우리를 심연으로 대체하다가

우리는 어쩌면 촉각의 각도를 재고 있었어요

반성인 텍스트 속에서

점액질의 우리가 읽혔나요

아니면

우리는 어렸을 때부터 죽었어야 했어요

악마

머릿속에 박힌 말뚝에 염소를 묶어 두고 공중의 가장 밑이라는 이름을 붙였다

너는 떠오르려는 모든 생각에 뿔을 비비거나 모든 반경을 뜯어 먹고는 오래 되새김질했다

내가 너의 진심과 마주쳤을 때는 펄펄 끓는 열에 상반신을 뜯긴 직후였는데 남은 다리는 캐러멜처럼 눌어붙어 있었고 너는 혀의 개수를 늘리는 데 집중하고 있었다

몸이 흐르는 다리 위에서 우두커니 너의 물살을 바라보던 나는 익사체로 발견되었다

나는 구원받기 위해 우연히 죽기로 결심했다

화단에는 빨강 파랑 노랑 보라 온갖 색깔의 꽃이 심겨 있다 꽃의 이름은 맨드라미 피튜니아 마리골드 글라디올러스이다

경계선 위의 나는 둘로 나눠지기 전부터 뜬눈으로 자고 깨기를 반복했다

기하급수적인 너의 손에는 말뚝이 들려 있었다 그것은 내가 옮겨 적은 나의 필사본이었다

다분히 악의적인 것

먹구름이 분명한 너를 보며
나는 장마라는 텍스트를 읽는다
평면적인 발음으로
거울을 오역하면서
왼손잡이로 태어난 문장들은
머리를 접어 비탈을 만들고
나는 급류가 된다
아래쪽에는 악마를 둔다
너와 나 사이에 얼마간의 온도차를 두듯
잠 속에 두고 온 육체와
호흡의 녹슮에,
온통 악의적인 시간과
저무는 입과
돌이킬 수 없는 인간 이전에 대해
나는 너에게 구겨 넣으며
귓가에 삐죽한 말꼬리를 잘라 내며
해체는 그런 식으로 이뤄진다
발골하는 것처럼
줄기를 발라낸 빛은 미끈거린다

한낮의 내장은 도처에 널려 있다
나는 어두운 곳을 가리켜
얼굴이라 부르고
나는 자각이라는 플래시를 켠다
나는 뿔*에 달린 각주를 읽으며
얼굴의 입구에 들어서며
나는 마른침을 삼키며,
인간은 그런 식으로 끝난다

* 머리끝에 집요하게 매달려 있던 단 하나의 생각.

빗면

다시는 너와 같은 공간은 되지 않을래
모서리 위에 발을 올린 채
입속 가득 빗금을 채워 넣거나
마음을 양각하고
다시는 너와 멈추지 않을래
너와의 거리를 가로지르지 않을래
거대한 기분으로
몸 밖에 웅크리고 앉아서
나는 등의 기울기를 구하고 있어
별로 없는 눈빛을 가누며
완전한 직선들을 그으려는 듯이
자세를 머뭇거리다가
닫힌 전개를 기웃거리다가
이후로는 얼굴을 엎지른 것처럼
거뭇거뭇하다가
나는 여러 겹의 겹을 쌓아올리기 위해
나와 제정신은 띄어 써야 하고
빈칸을 채우는 동안
가랑이 밑에서 저질러지는

너의 모습

온힘을 다해 밀어 올린 너의 지금을

이제는 직면하지 않을래

다시는 나는 단면을 드러내지 않을래

물이 가장 단단한 곳에

육체를 심을 수 있다면

이면에서

숨의 줄기를 움켜쥐고 꺼내지 않은 말의 상체를 향해 올
라갔다

토막 난 혀끝에 접붙이기했던

수많은 밤이

내가 이룬 진화가 여전히 물속일 때

잠긴 앞섶들을 열어젖힐 수 있다면

마음은 바람의 반대말 같다

나는 빗발치는 주변 속에서

소매가 짧은 햇빛과

나는 비현실을 직시하고 있었다

어제에 가장 가까운 시간에 코를 박은 채

입속에 초속을 머금으며

잠영하고 있었고

물살에게 표정을 덜어 내는 동안

나는

윤리는 침울하다고 생각했다

그다음의 나는 곧이곧대로의 옳고 그름에 대해 생각했
고 또

덜 마른 몸을 벗어

그늘에 뉘어 놓기도 했다
나는 부패할 수밖에 없을 머리를 굴려
뜻밖으로
멀리
나는 기억력이 나쁜 부분을 향해 다가갔다
드문드문 파헤쳐진 눈빛에
나는 외면하듯 고개를 돌렸고 또
먼발치에 살점이 떨어진 것을 보았다

해프닝

우리는 꿈일 때부터 절벽이고 싶었다

우리는 높이가 다른 물을 밟고 몸속으로 올라섰다

생각의 정 가운데에서 머리가 솟구쳤다

우리는 규칙적으로 인형을 연습했다

네 번째 눈을 생식기에 이식했다

우리가 온전한 세계는 아니기 때문이었다

내일과 우리 사이에도 분열이 있었는데

우리를 빈 창틀로 채워 넣은 줄은 몰랐다

우리의 윤곽선을 따라 난간이 세워졌다

우리는 밑줄이 없는 곳마다 밑줄을 그었다

주로 실체가 없는 것들의 이름을 외웠다

우리는 단 한 사람이 내는 인기척이었다

우리는 말이 안 되는 말일수록 맹신했다

입 주위에 난립한 계단을 올려다보며

우리는 정물화 쪽으로 오랫동안 걸어갔다

그러나 우리의 눈은 정확했다

우리는 빛의 모조품처럼 놓여 있었다

표면적으로

나는 시체라는 무게를 들고 가요

나는 입 밖으로 내려가는 계단인데요

나는 지난여름 속에서 빗줄기를 꺼내 줄넘기를 하다가

또 기장이 긴 요일들을 여러 번 접기도 하면서

시간은 삽시간에

나는 기원전을 가로질러 가요

무거운 공기가 흐르는 것처럼

나의 대척점에는 지평선이 서 있고

나는 사람의 잠을 깨고

일어나

발아래 켜켜이 겹으로 쌓인 겹을 보세요

나는 기억나는 반성들을 개켜

파도 위에 얹어 두었어요

철석같이

나는 어떤 마음을 먹고 있었는데

채식에 가까운 식탁 앞으로 의자를 당겨 앉은 채이거나

한눈에 얼굴이 다 담기지 않는 채로

나는 빈 접시의 글씨체로

나는 젖은 인상을 쓰고

젖은 인기척을 내고
나는 물에 번지는 무늬이고요
내가 펼쳐진 페이지는 반복도 많아요
절정으로 치닫는 창문들이
수많은 괄호를 닫을 때
의태어로 쓰인 내가 있고
나는 나라는 시체를 눈꺼풀 밑에 묻어요
눈에 자꾸 밟히는
나는 지금부터 절벽을 할 생각인데요

고백적

네가 머리를 밟고 일어선다

오늘이 죽은 것 같다

입을 떼는 일은 발화와 발설의 온도차를 가늠하는 일

목말을 탄 네가 나의 체위를 건널 때

사람의 바닥은 깊이의 단위로 잴 수 없는 곳임을

일분일초마다 돋아나지 못한 이빨이 빽빽했다

나는 안팎을 향해 달리기를 하고 있었다

나는 평소보다 많은 막다른 길을 책장에 꽂으며

현실 역시 기역에서부터 히읗까지일 뿐

햇빛은 너무나 길어서 외우기 어렵다

나는 생각 밖에서도 귀를 막은 채 기압차에 시달렸다

창가에 젖은 머리들을 펼쳐 놓는다면

나는 뇌가 뽑힌 화분 같다

나는 필연에게서 온통 불투명에 대해 들었다

퇴적된 것

우리는 정형화된 얼굴을 떠올렸다
생각의 왼편으로 눈이 가는 동안
우리 조금씩 불투명해지자
우리는 모퉁이가 감춘 햇빛이 무섭지 않으니까
먼지 쌓인 행간마다
기침을 눌러 적으며
우리는 무게가 다른 요일들을 읽어 내려갔다
대개는 미래부터 바래 있었다
우리가 거울의 비유법이라면
살아 있는 표정을 벗고
우리 점점 더 외로운 귀를 달자
귀담아 둔 수증기를 꺼내자
사람 마음처럼
우리의 몸이 가난해질 때까지
맥박이 뛰는 곳에 의자를 앉혀 놓은 채
우리는 지난 일기를 뒤적이고 있었다
일어난 일과
일어나지 않을 일 사이를 기웃거렸다
머릿속에서 이빨이 빽빽하게 돋아났지만

아무런 반성도 없어서
한 뼘씩 길어지는 하품이
잠의 부피를 구하고 있었고
우리는 흐르는 시간을 가두기 위해
지평선 위에
새벽의 입구에
하릴없이 구덩이를 파기 시작했다
우리가 안개의 근원이었고
빈손을 붙잡을 수 있을 것 같았다

사람처럼

나는 물의 두 다리예요
나는 몸이라는 착각이거나

주위에는 온통 잦아드는 시간뿐인데
일어서는 마음을 뱉으면
겹겹이 싸인 비늘을 벗기면

낮이 깊어지는 방식은 그랬어요
말 같지 않은 말을
턱 밑에 괴어 놓고

나는 다른 사람의 눈이에요
눈사람처럼

나는 누운 사람처럼

무릎 위를 기어가는 수면
낙차를 견디는 포옹처럼

나는 꿈밖을 기다려요

초속으로

처음 와 본 간격을 걸어요

피크닉

잘 마른 햇빛을 걷기 위해
우리는 빈방을 따돌리고 나왔다
기분은 우리에게서 파생된 단어였다
우리는 삼키고 있던 지진을 꺼내
제자리처럼 펼쳐 놓으며
바쁘게 뛰는 심장을 만끽했다
방금 막 달리기를 끝냈다는 듯이
우리는 좁은 간격 속에 누워
시간이 잘 가지 않는 것이 좋았다
오늘이 오래된 것이 좋았다
우리는 어제를 향해 발을 뻗은 채
숨소리를 개키며
혹은 못의 노래를 흥얼거렸다
죽은 네가 나온 꿈에 대해 이야기했고
너는 지금 곳곳에 있다고 했다
착각은 이해하지 않아야 이해되었다
우리는 북서풍을 보고 있었는데
그것은 우리와 이름이 같았다
우리의 뒷면이 저만치 물러났을 때

높낮이가 낮은

낮이었을 때

우리는 추스를 수 없는 행렬이었다

우리는 방향에 휩쓸려 다녔고

우리가 떠나오지 못한 이곳을 기다렸다

여기서부터 옳고 그름이 있었다

이전에게

독백에 가장 가까운 하늘을 발굴하고 싶어 창문 밖에 각기 다른 눈을 나열하고 싶어 모든 이름을 수집하지 못한 것을 자랑하고 싶어 뼈를 발라내도 무너지지 않는 말을 하고 싶어 뜨겁다는 말을 남기고 싶어 얇은 그림자 위에 살아 있는 새를 박음질하고 싶어 절규하듯 번진 입을 닦아내고 싶어 입속 가득 백열등을 물고 싶어 햇빛의 맛이 어떤지 묻고 싶어 때로는 등을 등지고 앉아 앞일에만 몰두하고 싶어 때로는 비좁은 손뼉을 치고 싶어 때로는 아무것도 할 수 없는 것을 하고 싶어 무생물에서부터 시작되고 싶어 어떤 것들은 같은 곳에만 있으려고 하고 깨지기 쉬운 것들은 늘 떨어트리기 쉬운 곳에 놓여 있어 맨발을 구겨 신고 춤을 추게 하고 싶어 비좁은 춤이 되고 싶어 나는 우리가 아니고 싶어 얇은 새에게서 살아 있는 나를 뜯어냈어

2부

행진

수평이 깨지고 있어요

당신의 어깨 위에서 비틀비틀 걷고 있죠

당신의 갈림길이 보입니다

들을 수 없는 말들은 등 뒤에 있습니다

고개를 돌려도

어제가 보이지는 않는군요

바닥에 머리를 떨군 채

우리가 하지 못한 말들을 줍습니다

우리는 완전히 돼지야 같은 말들,

우리는 숱한 음모를 숨기고 있구나 같은 말들이 마음에

걸려요

내 머리가 되어 볼래요?

네 다리가 되어

새벽의 바깥으로 걸어갑시다

무릎이 닳을 만큼

나와 당신의 보폭을 맞출까요?

조절해요 페이스를

밝은 얼굴을

꺼요

당신과 나는 대칭을 이루고 있습니다
반의반으로 접었다 펼치면
줄지어 나오는 종이 인형처럼
손에 손을 잡고
마음에도 없는 말들이 되풀이되고 있어요
우리는 돼지우리 같아, 우리가 우리의 *이탤릭체* 같기도
하고
당신의 혀는 상식적입니다
혀끝에서 맴맴 맴돌며
잠깐씩 멍해지는 생각을 합시다
새벽을 벗어날 때까지
우리의 거리를 가로질러 가요 그냥
허공에 팔이나 휘적휘적 휘저으며 행진,
행진해요

두 다리는 나쁘고 네 다리는 좋다*

나는 식탁 위에 있습니다. 목이 잘린 채. 뼈가 발립니다. 뜨겁다는 것이 삶을 뜻하는 것은 아닙니다. 나는 삶긴 고깃덩이. 딱딱한 접시. 젓가락을 똑바로 쥐어요. 오른손잡이든 왼손잡이든 익사한 것들은 미끄럽고. 어떻게든 바닥으로 떨어지려고 하니. 무거운 입은 쉽게 떨어지지 않습니다. 새로운 혀들이 태어납니다. 나에게는 조금 더 많은 식욕과 조금 더 많은 의태어가 필요합니다. 깨작대지 말고 꼭꼭 씹어 먹어. 겨울밤은 기니까. 뱀이 기듯이.

어둠이 식탁 밑으로 기어듭니다. 똬리를 틀며. 송곳니를 내보입니다. 정신이 사나워집니다. 개의 기준은 무엇인가요? 이것이 가축의 사육 방식에 관한 미온적 태도입니까? 나는 마음만 먹으면 짖을 수 있어. 마음먹지 않아도 곧잘 짖을 겁니다. 이인용 식탁을 갖고 싶습니다. 네 개의 다리로 우뚝 서고 싶어요. 모자란 다리가 되어 줄래요? 나는 무릎들의 걸음걸이. 오래된 개는 식탁 밑을 벗어날 줄 모릅니다. 절름발이처럼. 식탁이 흔들거립니다.

* 조지 오웰, 『동물농장』.

서툰 사람

우리는 작았고 빼빼 마른 몸을 가졌어
뒹굴고 싸돌아다니고 때로는 느리게 죽어 갔지
수면제를 삼키고 깨지 않을 꿈을 꾸자
다음에는 더 어려지자
점점 졸아들거나
빗물이 되어 하수구로 흘러들자
말해 봐,
우리는 말하는 돼지라고 말하는 돼지들이야
목줄을 졸라매고 밖으로 나갈래?
밖은 온통 버려진 사람들뿐이고
버려진 사람들에게 버려진 시간뿐이지
그들은 자전축 위에서 중심을 잡기 위해 버둥거리고 있어
네 발로 서서
목이 끝도 없이 길어지네
입속에 갇힌 새들이 날아가 버리면
앙상하게 남은 새장을 발견하게 될 거야

우리는 젖은 춤을 추고 젖은 술을 마시고 젖은 노랫말
을 흥얼거렸어

우리는 대화를 하거나 입을 다물 수 있지
우리는 어른이 되었다는 듯이
우리는 미래까지 기억에 의존해야 해
이리 와 봐, 다락방에 있는 낡고 더러운 침대를 보여 줄게
우리는 여전히 소란스럽고
등을 감추고 있어
몇 번이고 잠들었다 깨어나도
밤은 오늘도 끝나지 않을 거야
우리는 검은색으로 칠해져 있으니까
우리는 거울처럼 걸려 있으니까
멀리서 사이렌이 울리네
어쩌면 오늘은 집에 머물러야 할지 몰라

염소들

우리는 염소의 얼굴을 뒤집어썼어
옷장에 넣어 둔 맨얼굴은 좀이 쏠았지
성긴 말로 서로의 입을 기우며
나란히 앉아 어깨에 기대거나
어깨동무하기로 해
우리는 아름다운 뿔을 가졌지만 견주지는 않을 거야
천장이 낮은 방은 그런 곳이고
서랍으로 채워진 곳이지
서랍 속에는 성장을 멈춘 옷들이 켜켜이 쌓여
불균형한 역사를 이루네
개인의 나이테를 그리네
갓 태어난 무덤처럼
발밑에 뿌리를 내릴 수 있을까
직립하는 동안에도 우리는 여전히 자라나지 못했지만
우리는 부지런히 수염을 기를 뿐이지
표정과 헤어질 때까지
거울은 눈에 띄게 얄아지고
우리는 까막눈이 되어 갔어
우리는 마른입으로 염소 소리를 흉내 내고 있었어

혀를 내두르며 혀의 길이에 대해 이야기하고
혀의 색깔을 숨기기 위해 마음 졸였지
술래는 어디까지 다다른 걸까
귀를 기울여 봐
나무로 된 계단을 디디듯 숨죽였는데
나무로 만들어진 것은 우리가 아니었어

덩굴

꽃이 썩는다
벽을 타고 오르는 서로의 팔다리를 붙들며
너는 조금 더 끈끈해져야 한다
뙤약볕이 그러듯이
잎을 틔우는 일에 몰두하면서
여름이 확장되고 있다
담벼락 밑으로 여러 겹의 그늘이 쌓인다
너는 그림자의 그림자다
목이 빠지도록
너는 정오를 기다리고
너는 어두운 얼굴을 켠다
너는 페스티벌이다
꼬리에 꼬리를 무는 잎들
펜스 너머로
모든 손목이 뻗어 나간다

나는 긴팔을 입는다
비좁은 발목 속에 뿌리를 내리고
번식은 난폭한 행위를 필요로 한다

여러 개의 다리를 뒤섞는 것처럼

태양의 뒤를 쫓아

걷고

또 걷고

혹은 삶을 앞뒤로 크게 휘저을 뿐

나는 아지랑이의 일요일

나는 증발하는 사막

나는 비가 반갑지 않다

온갖 내가 도처에 옮는다

서쪽은 서쪽으로 영원히 펼쳐져 있다

다리가 닳아 없어질 때까지

가장행렬은 곧 시작된다

방사능

생각은 어느 방향으로든 잘 자란다

공기 중에 너와 나의 혀가 섞여 있다
혀끝에서부터
차가운 햇빛의 맛이 느껴진다

원근법을 벗어나려는 너와 나의 운동이
해 질 녘으로 이어진다
해가 진 뒤에야 비로소 밝혀지는 것

거울 앞에서도 나여야 모르는 것이 있다

목소리 옆에 꺼내 놓은 입은 식은 지 오래
헛것을 본 것처럼
좀처럼
닦이지 않는 눈

물살이 없는 물의 중심에
너와 나는 수십 개의 다리를 심는다

그 물은 끊임없이 고여 있고

젖은 생각이 느린 속도로 부풀어 오른다

미생물

눈물이 모여 괴물을 이룬다
목의 가장 깊은 곳에서
잔잔한 지진이 일어나고 있다

금이 간 혀가 와르르 무너진다
눈과 귀가 멀어지고
손과 발의 실밥이 타진다

몸 밖으로 비가 내린다
나는 발밑에 얕게 고인다

손쓸 수 없는 손은
촉수처럼 자라나
불가능과 불가항력의 틈바구니에서

여러 갈래로 갈라지는 머리와
유리병 같은 표정에 담긴
얼굴들

몸은 잘리고 또 빈번하게 늘어난다

몸이 몸 밖으로 범람하고 있다

나는 온전하지 않은 이름과 함께
빗물에 섞여 떠내려간다
낮은 곳에서
한 걸음 더 낮은 곳으로

인간성

내가 빗물에 잠겨 있을 무렵
부력부터 빠르게 부식되었다
거의 다 죽은 것처럼
모든 의미가 빠져나간 눈으로
내가 혈통을 더럽히며
밑바닥을 넓히고 있을 무렵
간밤의 수위는 낮아지고
너는 얕은 얼굴을 보게 될 것이다
잦게 일렁이는 표정이
수면 위로 떠오를 무렵
너는 젖지 않는 비를 맞을 것이다
내가 인간에 희석되는 동안
거꾸로 매달린 시선과
뚫린 입들이 주위에 들끓을 무렵
입속에 뼈가 쌓이고
말문이 막힐 무렵
내가 현재에 퇴적되었을 무렵
몇 겹의 지층이 생기고
화석화된 머릿속이 있었다

수십 분째 가뭄이 지속되었다

북면의 연장선상에서

내가 눈꺼풀 밑에 묻혀 있을 무렵

숲

죽은 사람들은 이름에서부터 멀어진다
정체를 숨기려는 듯
머리를 맞대고 모여 앉은 우리는
젊은 가축이자
유능한 도살자다
살아 있는 사람들은 꾸물대기 바쁘다
숲의 깊이를 재거나
숲을 가로지르는
목소리의 높이에 목을 매거나
하염없이 산다는 것은
삶과 상관없다
밤의 숲은 삶처럼 단순하다
밤보다 더 우글거리며
들짐승에 의해 곧 파헤쳐질 곳마다
굳은 표정은 파묻힌다
얕게 담근 발은 의심을 낳을 것이다
가까워질 수 없는 거리가
나이테의 형태로 남게 될 것이다
아무 말도 없이

또는 넘치게 많은 말들이
숲으로 우거져 있다
우리는 같은 얼굴로 다른 가지를 뻗는다
숲을 나서는 동안에도
숲은 한 발씩 앞서간다
숲은 은폐되느라 바쁠 뿐
아침이 밝기 전까지
남은 사람들은 뿔뿔이 흩어진다

방의 전개

밤새 발밑에는 좁은 사막이 쌓였어요
새벽은 불투명하게 돌아왔고
매일매일 더 늙은 모습으로
우리는 입이 말라 버린 나무
조금씩 빠르게 허물어지는 어둠처럼
우리는 잎이 진 사람
침묵을 정확하게 발음해 보세요
턱 끝까지 숨이 막힐 만큼
우리가 창문이 없는 방이었을 때
내일을 열어 볼 수는 없었어요

우리가 방에서 갈라져 나온 뒤에
우리는 식탁의 높이에 맞춰 앉았어요
모래를 모두 쓸어 낸 몸으로
표백된 옷을 입고
컵의 깊이와 물의 부피를 재며
우리는 눈대중으로도 알고 있었어요
어둠이 얕은 곳에서는
언제 눈을 떠야 하는지를

어디에 눈을 둬야 하는지 말이에요
시계는 벼은 등지고 있었는데

시계는 무엇이든 가리키려 하고
우리는 익숙해질 시간이 필요해요
사막의 발단을 출발하여
가느다란 아가미가 발생하기까지
우리는 진화하는 걸까요
밖은 왜 여전히 어두운 거예요
우리의 아침을 활기차게 열어 보세요
분주한 아침이 지나고 나면
엄마가 시키는 대로 문을 닫고
우리는 방으로 들어갔어요

타이밍

태양이 가까워질 때까지
우리는 난간 앞으로 몰려들었다
눈부신 눈을 꺼내
서로에게 던졌다
핑퐁처럼
먼지가 묻는 줄도 몰랐다
손바닥이 새까매지도록
상대에게 몰입했다
우리는 선수들 같았다
관중이자 심판이었고
방관자가 되기도 했다
규칙은 없었다
열기가 있었다
끓는점에 도달하기 전부터
승부욕이 끓어올랐다
얼굴들이 넘쳐흘렀다
보는 눈이 있는 사람이라면
시간이 충돌하는 순간을
믿어 보기로 했다

우리는 최선을 다해 불타올랐다
잿더미 속에서
마음을 닦아 내고 있었고
그것은 점수로 인정되지 않았다
우리는 죽도록 마주쳤다
난간 위에서
눈앞의 앞날을 내다봤다

밤에

우리는 좁은 눈길을 따라 걷고 있었어요 우리는 일정한
간격으로 깜빡이는 신호등이고요

발길이 뜸한 자정을 무단 횡단하며 눈 밖으로 뻗은 눈빛
의 구조를 살펴봤어요

구불거리는 곡선들이요 곡선으로만 이루어진 표면들을
구불거리지 않는 직진의 방법으로요

우리는 매일 다른 입을 열었습니다 별다른 이유 없이

키스는 퀴즈처럼 맞혀졌어요 놀이터에 길고 짧은 혀를
세웠고요

미끄럼을 타는 행동들 사이에서 빨라지는 수직의 궤적
을 따라 동시다발적으로

아무도 아무 일도 일어나지 않았습니다 주저앉은 바닥
위에 벤치들이 주저앉았습니다

벤치 위에 주저앉은 우리는 숨을 코밑까지 잘라 냈고요
별다른 이유 없이

우리는 조금 더 구석진 밤이 되어 갔어요 우리는 비닐

같은 서로의 몸을 끌어다 덮었고요 발 디딜 틈 없이

　밤의 고요들이 북적이고 있었고요 우리를 활짝 열고 나

간 밤은 아직 돌아오지 않았고요

낮에

우리의 다리들이 물의 핵심을 휘저었을 것이다
침몰하기 전의 자세는
심연은
발목에서 빠진 발들이 한데 고여 있을 무렵
우리는 목에 걸린 말끝을 흐렸을 것이다
물속에서의 눈앞도 흐렸을 것이다
물 밖에서도
우리는 젖은 물이 되고 있었을 것이다
우리는 굴절되었다가
용해되었다가
물속에는 어떤 입 모양이 남았을 것이다
입 모양만 봐도 알 수 있는 말들과
의미를 알 수 없는 몸짓들이
시쳇말처럼 떠올랐을 것이다
사람이었다는 듯이
손을 길게 뽑아 들고
우리는 물의 속력으로 점점 더 가까이
물의 기분에 빠져들었을 것이다
물 밖에서 점점 더 멀리

마음속이라는 것은

온갖 우리를 뒤섞어 질게 말아 버린 순간

우리는 얼굴마다 낮의 무늬를 새기고

수십 리터의 몸을 잊었을 것이다

아마

물 밖에서는

섞이지 않는 것들의 발끝은

우리는 우리라는 현상을 기억했을 것이다

방의 발단

나는 미래에 대한 몸값으로 맨손을 지불했다

이별이라는 것은 짧은 점선처럼 그어져 있다

외면하는 것이 사람의 일이라면 모든 뒷모습이 나였다

머리를 발명할 때마다 못 쓰게 된 생각을 옷장 속에 넣
어 두었다

나는 거울에 달라붙은 잎의 결말을 보았다

거울과 나 사이에 목소리가 잠긴 목들이 빽빽이 돋아나
있었다

나는 끊어진 말을 잇지 않기 위해 끊임없이 빈말을 하고
있었다

나는 감소하고 있었지만 그것은 사소한 약속에 불과했다

아무리 잘라 내도 머리카락은 자꾸만 머리 밖으로 삐져
나왔다

　죽은 공기들의 반대편에서 어둠이 자라났다

　서툰 사람들은 어른스럽게 죽는 법을 몰랐다

　나는 얼굴도 없이 불분명한 것들을 목 위에 얹고

　나는 밤새도록 닫힌 방들을 뒤척이고 있었다

　한밤중의 바깥에서 젖은 새들이 증발하는 소리가 들렸다

눈을 쳐다보는 일

나의 눈은 너의 눈을 향해 당겨지고 있었다

너는 내가 격발되는 순간을 첫눈이라 불렀다

열린 너를 밀고 들어가 너를 닫고 나오는 일

시간이 비좁은 너를 사람으로서 관통하는 일

죽어 있는 것이 죽어 가는 것보다 존재했다

보기에 가장 좋은 것은 보고 싶게 하는 것

가장 먼 거리는 등을 발견했을 때의 거리

눈빛이 빠져나간 눈이 어둠을 세는 단위였다

뜬눈으로 엮은 밤들을 자전축에 묶어 놓고

무렵들이 우르르 몰려오지 않기를 기다렸다

머리맡에 수많은 무릎들을 세워 놓는 나는

기억에 의해 왜곡된 기억에 대해 생각했다

문장이 없는 마침표들이 쏟아져 내릴 무렵

몇 초간의 적설량을 기록하고 있을 무렵은

뭔가 비대해졌다 현재가 몹시 깊은 곳에서

어떤 나의 눈은 너의 눈 밖에 나고 있었다

3부

윤리는 침울하다

눈부심은 나의 눈을 피해 다니는 것 같다

나는 여전히 햇빛을 생각해 내기 위해 노력 중이지만

까먹지 말고 내일부터는 이 말을 망각해 주세요

세상에서 가장 듣기 좋은 말은 내일 보자는 말

고백은 너의 얼굴 속에 나의 익사체를 욱여넣는 일

두 다리는 밑도 끝도 없는 밀물 앞에 놓여 있고

아마도 나는 아무나 되려고 태어났나 보다

나는 틈만 나면 인간과 어둠을 혼동하려나 봐

마음을 쏟을 곳이 없으면 마음은 점점 무거워지니까

윤리는 두 팔이 잘린 채로 추는 춤이었으므로

별것 아닌 나는 부지런히 투명해지고 있습니다

너에게는 게을렀어야 했는데 그게 잘 안 됨

나의 윤리

내가 가장 잘할 수 있는 일은
너의 얼굴을 닫아 버리는 일
아예 다시는 열지 못하게 팔을 잘라 버리는 일
나를 외면하게
투명해지는 일

내가 인간이 아니었다면
내가 인간이 아니었으면

내가 가장 못할 수 있는 일은 보기보다 많은 너를 보지
못하는 일

모든 것의 끝에서는 모든 것이 끝나 있고
너의 모든 것은
나를 끝내는 일

많은 내일을 만났을 텐데
내가 인간이 아니었다면

무슨 말이냐면
너의 얼굴 속에 나의 밤낮을 밤낮없이 욱여넣을 텐데
결말이 열려 있다거나
내가 내가 아니었다면

시행착오

떨어져 나간 팔다리를 재조립해야 해요 생일을 뒤져 찾아
이낸 설명서에는 무단 복제를 금한다는 말뿐이어서 미간
을 찌푸리며 읽은 보람이 없네요 연일 기승을 부리는 부
조리에 진이 빠진 저는 지난 일요일이 되돌아오기 전에 꼭
타살되어야지 다짐을 했지만 망각은 참 편리해요 그날이
그날 같은 별 볼 일 없는 생활의 꼭대기에 천문대를 짓고
싶어요 아니 그냥 짐승인 양 마냥 짖고 싶어요 육면체인 머
리를 발기발기 찢고 보면 불면 불면 불면 불면 불면 불면
으로 분류할 수 있고요 머릿속에서 구불거리는 리비도를
쫓다가 도착한 이드의 밑바닥에서 익사체를 발견하기로 약
속해요 먼 조상 중의 한 분이 식물이셨다는 이야기를 들은
후로는 저의 핏줄을 의심하지 않으니까요 앞뒤 맥락을 의
심하세요 미심쩍은 냄새를 맡으세요 냄새인 척하는 역할은
제가 맡을래요 걸리적거리는 성별을 훌훌 벗어 던지고 알
몸으로 갈아입어야 하죠 무성해지는 저의 내부를 들쑤셔
봐요 그곳에서 무엇이 들끓나 봐요 일 년 열두 달 한여름
이기를 바랄게요 불면이 아닌 불멸이어야 해요 영원히 호
명할 수 있도록 무한한 이름을 지어 주세요 그것이 이 시
집의 마지막 시가 될 거라고요 제가 방금 쓴 시들은 금방

시들시들해지는데 팔짱을 낀 채 나 몰라라 하는 저에게 본
론부터 말할래요 거두절미하고도 팔이 얌전하게 붙어 있
다니 정말로 좋으시겠어요

무용론

잘려 나간 두 팔의 끝에 무용론이 들려 있었다

우리에게 현실이 불필요한 때가 있었는데

남김없이 불러 버렸기 때문에 이름이 남아나지 않았나

우리를 순순히 멸망시키기로 해요

나중에는 두 살씩 세 살씩 먹어도 좋으니까 지금은

너무 똑똑한 우리는 요일을 착각할 수 없게 되었대

우울은 몸과 마음의 틈에서 발생한 시차

밖에 첫눈이 온다는 말은 믿기 어렵겠지만

저기 보이는 저 여름이 우리의 무덤이라고

무슨 말인지 알지

있잖아
나는 지난여름으로부터 한참을 더 지나쳐 버렸대
밤낮없이
밤낮을 뒤바꾸면서
나는 뒷걸음질 위에 모든 다리를 박음질하고 있었는데
겉으로 보기에는 익사와 비슷했대
인사처럼
모든 팔을 뽑아 들고 흔들대다가
그러나 내가 추는 춤은
멈춤이었다는 것
나는 이전과는 전혀 다른 사람이 될 거래
뒷모습이 퇴화되어 돌아설 줄 모르는
온통 코앞이어서
모르는 척할 줄 모르는
나는 세상이 끝나려는 줄도 모르는 채
연거푸 하품을 하며
나는 입속에다 모든 혀를 쏟아부으며
나는 잠자코
엎질러진 자세를 앞지르고 있었다는 것

필사적으로 제자리의 위치를

필사하고 있었다는 것

나는 요즘 불면에 대해 걱정하느라 잠도 잘 못 자

나와

허무주의의 경계를 허무느라

머지않아 나는

모든 얼굴을 고갈시켜 버리고 말 것이었다

그런데 있잖아

삽시간은 몇 시쯤 오시는 거지

하릴없이 시계만 들여다보는

누구보다 인간적인 우리에게

말도 안 되는 아무 말이라도 건네고 싶어 여태껏

머리를 쥐어짜 내고 있었는데

거봐

거머리 같은 것들이 기어 나오잖아

사피엔스 사피엔스

가볍게 생각한다면

한없이 가벼운 생각

공중에 얹어 놓은 머리가 바닥으로 굴러 떨어져 박살나

기를 기다렸다가

쓰레받기로 쓸어 담는다

나는 어제보다 조금 더 뒤쪽에 방치된 곳일 뿐이다 또는

반시계 방향으로 돌아가는 것 같은

마음이라는 부정확한

발음을

발걸음 밖으로 한 걸음 물러나 주세요

몸부림으로 몸속을 채우지 마요

젖은 내면을 뒤집으며

나를 외면할 수 있는 지혜를

주소서

인간은 물로 만들어져서

쉽게 엎질러지거나 곧 증발해 버리는 것

나는 바닥날 준비가 끝났는데

넘칠 듯 출렁이는

얼굴은

멀미는

자세를 놔두고 자리를 비우지 마십시오

원래 빈자리였을 때부터

언제까지나

나는 바닥에 뽀얗게 쌓인 눈과 코와 입 들을 마른걸레
로 훔치고 있었는데

몇 개 되지도 않는 다리를 걸어

거꾸러뜨리려는

불능은 인간의 형태로 다가와 있어

숨이 가쁠 때마다 나는 내가 아니라는 생각뿐

빈집이 된 집중력은

중력이라는 우울뿐

노력

넘칠 듯 출렁이는 불능 속에 담겨 있다 그것의 위치를
몸 밖으로 옮기려다가
손목을 삐끗하다가

몇 개의 균열로 벽을 틀어막아 본다 본다는 것은 뼈가
저리는 일이다

결정 장애의 결정체였다

눈먼 신을 맹신했다

네가 나를 깨트렸을 때 익사한 시간들이 마구 쏟아져
나왔다 나는 주워 담을 수 없는 말이다

부력에 대한 이해력을 가지고 있었지만
힘을 빼고 난 뒤에야 온전히 이해가 되었다

육면체인 마음은 표면 이면 측면 빗면 외면으로 이루어
져 있다

검정의 감정을 느낀다
주위에서 소용돌이치는 소용돌이를

나의 최대의 적은 희망적이다

구원과 영원 사이에 구십 개의 구멍이 놓여 있다 그것을
열꽃이라고 부르다가

사라져 간다 사라져 간다 사라져 간다 사라져 간다 사라
져 간다 살아져 간다 사라져 간다 사라져 간다 사라져 간
다 아 뜨거워라

다시 한 번만 저를 바라봐 주세요

죽은 나무가 머리를 밟고 서 있다

에일리언

뒤통수를 열고 불쑥 발부터 집어넣는 여름,
그 여름
그 여름 속에서
온밤 내내 들끓던
불면
바싹 졸은 잠에서 건져 낸
생김새와 이름이 알맞지 않은
어느 누구의
다문 입가에 새카맣게 눌어붙은
말
끊어질 듯한 창자를 한가득 담고 있을 말
곧
흡수되고 말
본래의 모습들이
슬픔의 완전체가 되기 직전
미완의
미안
너무나 이기적이어서
읽기 싫은 너의 일기와

새벽바람에

쾅

얼굴을 세차게 닫고 나간 우리의 여름,

익사체 같던

그 여름

행

우리는 행을 증오하기로 했다
우리가 머물던 곳은 행간이었는데
이해해
우리의 사상은 이 세상에서 더 이상의 일상이 될 수 없
다는 것
우리는 영상과 영하 사이에서
얼지도 녹지도 않는 것
행은 알레고리 같은 것이 아니었대
행은
행 그 자체의 맑음과 흐림
우리를 헹가래질하는 존재를 보라
우리를 벌벌 떨게 하는
부재를
이해해
우리는 시력과 청력과 무기력만을 가졌다는 것
모르긴 몰라도
우리는 사람도 아닌 것 같아
우리는 매일
남은 무릎의 개수를 세며

졸음을 무릅쓰며

기도는

지나간 시간을 하염없이 지나가는 길이기도 해

좁고

구불거리는 기도를 따라

다른 사람이 될 때까지 가 보자

이해해?

자정과 정오 사이 어딘가에서

우리는 우리라는 장소를 찾는 거래

우리에게서 창작된 우리들이

빈 문서 위로

위로처럼 쌓여 가네

위태로운 가장자리들의 제자리일

우리를

오해해

우리는 제발이라는 단어 앞에 우르르 몰려들었는데

우리가 상자를 열기 전부터

인간적인 우리에게

안녕을 말하기가 너무 어려워요
안녕
안녕
……
꿈을 꾸면서는 우리가 끝장날 거라는 걸 몇 번씩이나 외
웠었는데
밤하늘을 올려다보면 잠깐
까먹게 돼
필연이 머리를 짓밟으며 비척비척 걸어가고 있다는 거
우리가 아까부터
만지작거리고 있는 그거
그거 알아?
우리는 불구가 될 시는 쓰고 싶지 않은데
다시는
노력에도 불구하고
노력은
줄을 당길 팔도 없으면서 줄다리기를 하려는 거랬어요
들릴락 말락
들리는

팔과

말

빈말을 채울 영혼도 없는 우리는

업보가 되려는 것인가

환멸을 느끼려는 것인가

환한

환청 속에서

가는귀를 찾아 헤매다가

언젠가 우리가 문득 어느 날을 마주쳤을 때

몰라본 척 반만 지은 표정으로

비굴하게

굴게

집요하게 집적거리는 우리는

겁과 비겁 사이에서 미숙아로 태어날게

정상적이거나

기형적인

어느 날,

마침내 우리가 되어 버린 피조물을 발견해도 될까요?

다리가 없거나

다리가 네 개뿐인

사랑

사랑

사랑

사랑

사랑

사랑

사랑

사랑

......

우리는 짧은 배웅을 끝마칠 거니

너에게

양순모(문학평론가)

1 우울 이야기

상실과 애도의 이야기에는, 특히 무엇을 잃어버렸는지조차 알지 못하는 우울의 이야기에는 적어도 세 명의 내가 등장한다. 상실이라는 사태를 감당하지 못한 채 우울의 증상을 오롯이 체현하는 '나'와, 그런 증상으로부터 벗어나고자 노력하지만 좀처럼 갈등과 파국을 면치 못하는 '나', 마지막으로 두 '나' 사이의 긴장과 갈등을 한 편의 이야기로 서술하며 이를 독자에게 전달하는 '나'까지. 이러한 '나'들은 우울을 둘러싼 우리네 긴장과 갈등이 '이야기'가 될 수 있도록 기능하며 이야기를 통과한 독자들에게 그 고통의 시간이 마냥 헛된 시간이 아닐 수 있게끔, 나아가 저마다 우울 이후의 이야기를 모색할 수 있게끔 어떤 힘과 욕망을 전달하곤 했다.

예컨대 우울 이야기를 통해 독자는 우울을 오롯이 체현하는 '나', 즉 그동안 억압받아 온 '타자'와 진배없는 '증상'으로서 '나'의 끔찍한 목소리를 접하며 아마 자신의 안에도 존재할 그 목소리에 압도되며 스스로를 되돌아볼 수 있다. 한편 다른 독자는 또 자신의 증상을 마주하며 이로부터 탈출과 회복을 도모하지만 결국 실패하고 마는 '나'의 목소리를 들으며 깊은 연민과 공감을 경험할 수 있다. 그렇게 독자는 이야기를 종합하는 서술자 '나'의 곁에서, 갈등하며 교차하는 두 인물의 목소리, '증상의 목소리'와 '노력의 목소리' 모두를 통과하며, 최량의 경우 어떤 역설적인 '애도'의 순간을 달성하곤 했다.

다만 비극이어야 한다는 것. 역설적인 애도의 순간을 맞이하기 위해서는 이야기를 쓰는 이와 읽는 이 모두 우울로부터의 회복과 극복을 달성하는 드라마가 아닌 그 극복에 실패하는 비극 이야기를 되살아야 한다는 것. 비극의 효과와 관련한 오랜 논의들에 따르면, 독자는 비극을 통과하며 자신의 욕망이 강렬히 원했으나 달성 불가능했던 것이었음을 깨닫고, 스스로의 한계를 통렬히 인지함으로써 위로를 얻거나 힘을 획득한다. 우울 이야기도 예외는 아니어서, 독자는 '증상'과 '노력' 사이 갈등으로 긴장하는 대화가 종합되지 못한 채 결국 폐허로 치닫는 비극을 통과하며 우울에서 벗어나고자 하는 우리의 욕망이 애초에 실현 불가능하다는 사실을, 즉 우울을 극복할 수 있을 '애도의 능력' 같은 것이 우리에게 좀처럼 가능하지 않다는 사실을 깨닫게 된다.

이른바 '애도에 대한 애도'(진태원)라고 명명할 수 있을 역설적인 애도의 순간이란 애도 능력과 관련한 자신의 한계를 인정했을 때 비로소 가능해지는 어떤 자유다. 이는 기존의 태도와 자기 서사를 갱신할 새로운 계기에 다름 아닐 것이다. 독자는 우울의 비극을 통과하며 사신의 애도 능력 부재를 통감하고, '우울 끝의 애도'와 같은 탈출과 극복 이야기에서 벗어나, 반복되던 자기 파괴와 회의주의를 모면할 가능성을 획득한다. 독자는 타자에 다름 아닐 우울을 불가피한 현실로서 인정하며, 증상과 더불어 살아가는 방법을 모색하는 새로운 이야기를 만들어 나갈 수 있다.

그러나 그것이 아무래도 말처럼 쉬운 일인 것 같지가 않다. 대개의 우리는 우울의 고통에 너무도 취약하여 서둘러 고통에서 벗어나고자 하기 때문에 '증상의 목소리'를 좀처럼 들을 수 없거나, 듣고자 애쓰더라도 회복의 서사-욕망에 따라 이를 도구적 방식으로 서둘러 배치하고 말기 때문이다. 증상과 노력의 갈등과 대립 속에서 실상 우리는 좀처럼 긴장을 유지하지 못하고, 증상을 극복하기 위해서만 관심을 쏟는 셈이다. 이제껏 우리는 시를 통해 비로소 '타자'를 만나 왔지만, 어쩌면 타자를 점차 제거하는 방식으로만 시를 읽고 써 온 것일지도 모른다. 그렇다면 비극은, 역설적인 애도의 순간은 과연 어떻게 가능한 것일까. 우리는 저 '나'들을 둘러싼 이야기가 과연 비극이 될 수 있을지, 그것이 성립할 수 있는 조건을 먼저 고민하지 않으면 안 될 것 같다.

윤종욱 시인의 첫 시집 『우리의 초능력은 우는 일이 전부라고 생각해』를 펼쳐 든 우리는 '너'에게 건네는 대화로 시작해(「누구에게」) 배웅으로 끝나는(「인간적인 우리에게」) 한 여정을 통과하며, 저마다의 우울과 애도 이야기를 어렵잖게 구성할 수 있을 것이다. 무엇보다 '우는 일'(애도)이야말로 우리의 '초능력'(불가능)이라고 생각한다는 제목에서, 이 시집이 우리의 욕망을 배반하는 비극을 상연할 것이라고 예상할 수 있다. 그런데 시 속에서 상연되는 비극의 이야기가 좀처럼 손에 잡히지 않는다면, 손쉬운 해석을 거부하며 무수한 수수께끼와 모순들로 가득해 보인다면, 그것은 아마 시인이 보다 섬세하게 우울 이야기의 조건에 반응하며 이야기를 변주해 나갔기 때문일 것이다.

2 나 이야기

사랑하는 '너'를 상실하며 살게 되는 우울의 세계에서 우리는 좀 더 근본적인 고통을 경험한다. 그리고 그 고통은 우리로 하여금 비극으로서의 우울 이야기를 좀처럼 수용할 수 없게끔 만든다. 떠나간 당신과 함께 또 무엇을 잃어버렸는지 알 수 없는데, 설상가상 잃어버린 '그것' 없이는 좀처럼 내가 존재할 수 없다는 치명적인 사실을 깨닫게 되기 때문이다. '나'는 내가 나일 수 있게끔 하는 그것을 나 아닌 존재들과의 '관계' 속에서 획득할 수밖에 없으며, 심지어 그것이 무엇인지조차 알지 못한다. 그러한 사실 앞에서 우리는 '나'라는 존재가 얼마나 연약하고 취약한 존재인가를 인지하며, '너'를 잃어버린 것 이상으로 '나'를 잃어버렸다는 상실감에 고통스럽다.

그렇다면 '나'의 한계를 통렬히 인정케 하는 장르로서 비극은 우울에 그리 어울리지 않는 처방처럼 보인다. 우울 속에서 '나'를 잃어 가는 '나'가, 비극-우울 이야기의 한 축이자 점점 더 '나'의 통제력을 잃게 하는 것처럼 보이는 타자로서의 '증상의 목소리'를 균형 있게 듣는 일은 좀처럼 가능하지 않을 것 같기 때문이다. 우울한 저마다는 세이렌의 목소리를 듣듯 타자의 목소리에 휘말려 버리거나, 잃어버린 '나'를 서둘러 회복하고자 오직 한쪽의 목소리만을, 증상과 고투하는 노력의 목소리만을 취할 것이다. 우울한 우리는 비극 이야기를 수용하기에 너무도 연약하다.

　　한때 우리의 모든 울상이었던
　　너에게

기립하는 자신과 직면하게 될 무렵을 선물할게

아직은 작은 무게뿐이지만

형용할 수 없을 만큼의

형용사를

너의 죽을 것 같은 기분 앞에다 둘게

내일보다 조금 더 앞쪽에

괄호를 열고

문어체에 가까운 몸짓으로 채워 넣을 때

구석진 곳으로

구석들을 몰아세우며

누군가이고 싶은 우리는

너의 호명과 동시에 거의 주저앉을게

머리끝까지 쌓아 올린 인간의 형태까지

와르르 무너질 것처럼

흔들리는 밤하늘과

밑바닥보다 조금 더 밑에서 바라본

너의 본모습을 기대할게

이인칭에서 한 발짝 올라선 네가

다시 너일 수 있기를

인간적이거나 비인간적인 너에게

단지 누구누구일 뿐인

우리에게

우리는 세상이 끝난 줄도 모르는 채

졸린 눈을 비비다가

아는 얼굴들 사이에 몰래 숨어든

너의 악마를 찾아낼게

너에게 쉽게 오지 않는 어느 여름이 될게

─「누구에게」

시는 너를 향해 어떤 다짐들을 발화하며 다소간 낭만적
인 분위기를 만들어 간다. '나'는 "이인칭에서 한 발짝 올라
선 네가 다시 너일 수 있기를" 기도하며, 즉 대화의 청사로
서 잃어버린 '너'를 회복하기를 희망하며, 한 발짝 올라선
너의 빈자리에 실패한 '우리'를, 너의 상실과 더불어 무너져
버린 '우리-나'를 위치시킨다. 그렇게 '나'는 네가 떠나간 바
로 그 자리에서 '너'의 본모습을, 너다운 너와의 재회를 기
대하며 다짐들을 이어 간다. 잃어버린 '너'의 회복을 통해
우리다운 우리가 가능해지도록 하는, 어쩌면 힌트처럼 느
껴지는 다짐들이다.

대개의 우울-애도 이야기가 말해 주기를, 상실 이후의
'나'는 상실한 대상인 '너'와의 만남을 통해 진정한 이별과
애도의 순간에 도달한다. 부재하며 존재하는 귀신과 같은
'너'를 외면하고 회피하는 것이 아니라, 거듭 '너'를 향하고
들음으로써 이별다운 이별을 맞이할 수 있다는 것이다. 우
울의 고통으로부터 벗어나려면 '나'는 거듭 '너'를 향해야
한다. 그런데 「누구에게」의 다짐들이 불가능해 보일 뿐 아

니라 그 목소리 역시 다소 무력하게 들린다면, 이는 그저 시가 낭만적인 분위기를 자아내는 힘없는 목소리에 불과하기 때문일까.

이어 두 편의 시 「철학자」와 「철학」에서 역시 '나'의 다짐들은 계속된다. '너'를 기다리는 과정이 고통스러울지라도 '나'는 "영원히 되풀이되는 불면을 기다"리고, "내일까지 몰락"(「철학자」)할 것을 약속한다. 심지어 '나'는 "인간 이전을 향해 도움닫기"(「철학」) 할 것을 다짐하며 '나'를 초월하고자 하는 어떤 의지들을 표현한다. 그러나 그러한 각오들은 과연 믿을 만한 것일까. "우리 사이의 공간을 괴물이라고 부르기"(「철학」)로 한 시인이 "괴물체를 건져 내는 순간"을 두고 "잘 마르지 않는/ 두 손은/ 철학으로 득시글거릴 것이다"(「콘텍스트」)라고 자조적으로 말하는 것을 보고 있자면, '너'를 회복하기 위한 '나'의 방법이 결코 '너'를 향한 의지와 다짐만으로는 가능하지 않으리라는 것을 짐작할 수 있다. 그럼에도 시인이 거듭 의지와 다짐을 고수한다면 거기에는 다른 이유가 있는 것은 아닐까.

이러한 가정은 어떨까. '애도'와 '비극'이 모두 상실과 실패 같은, 좀처럼 수용하기 어려운 부정적인 사태를 인정하고 받아들이는 행위라면, 애도가 불가능하다는 사실의 인정을 통해 역설적인 애도가 가능했던 것처럼 시인은 비극이 불가능하다는 사실의 인정을 통해 어떤 '역설적인 비극'을 수행하려 했던 것이라고 말이다. 요컨대 시인은 비극이 불가능한 오늘날, 비극으로서 우울 이야기에 도달하기 위해 그 이전의 또 다른 비극(비극에 대한 비극)을 수행하고 있는 것은 아닐까.

연약한 '나'는 우울에서 벗어나고자 '증상으로서의 목소리'를 듣고자 하지만 좀처럼 듣지 못한다. 그러나 그러한 '나'의 실패에 좌절하며 결국 포기해 버리기보다 차라리 그것이 어쩔 수 없는 사실이라는 것을 인정하게 된다면, 그간의 의무적인 '애도 작업'에서 벗어남과 더불어 새로운 출발의 계기를 마련할 수 있지 않을까. 우울증자들이 상실한 것이 그 누구보다 자기 자신이라고 한다면, 거듭 호명되는 상실의 대상으로서 '너'는 어쩌면 '나'가 아니었을까.

3 우리 이야기

나는 미래에 대한 몸값으로 맨손을 지불했다

이별이라는 것은 짧은 점선처럼 그어져 있다

외면하는 것이 사람의 일이라면 모든 뒷모습이 나였다

머리를 발명할 때마다 못 쓰게 된 생각을 옷장 속에 넣어 두었다

나는 거울에 달라붙은 잎의 결말을 보았다

거울과 나 사이에 목소리가 잠긴 목들이 빽빽이 돋아나 있
었다

──「방의 발단」에서

우리가 방에서 갈라져 나왔을 때
우리는 직립할 수 있었어요
열에 들뜬 모습으로
차가운 맨발을 딛고 서 있었는데
있지 않기 위해
헛것을 밀쳐내며
생활은
쏟아진 내장을 주위 담으려는 시도처럼
우리는 낮은 시력에 매달린 채
온밤에 침착되어 있었어요

(······)

미동에도
기필코 떨어지려고 하는
우리는 주저앉은 포말 속에서

웃풍에 시달리고 있었는데

빌어먹을 혈통은 왜 자꾸 확산돼요

확신이라고 읽히는

그 얼굴들은

우리가 괴물과 식물을 교배시킨

잡종이었어요

                    —「재생―방의 결말」에서

시인은 '결말'과 '전개', '발단'이라는 역순으로 배지된 세 편의 '방'의 이야기를 들려주며 상실 이후 우울을 겪는 일련의 과정을 압축적으로 제시하고 있다. 익숙한 순서대로 이를 살펴보자. "이별" 후 상실을 "외면"하던 '나'가 무언가 "돋아나"고 "삐져나"오는 것들을 도무지 외면할 수 없어 시작되는 어떤 방의 이야기(「방의 발단」)는 '나'가 도무지 상실을 회피할 수 없다는 사실과 더불어 '나'가 결국엔 "닫힌 방들을 뒤척"이게 되고 마는 장면을 보여 준다. '나'는 "미래에 대한 몸값으로 맨손을 지불"했음에도, 즉 너를 외면하고자 너를 향한 나의 손을 잘라 냈음에도, 결국 별수 없이 너와 함께 했던 시절의 '나'로 자꾸만 되돌아간다. '나'는 너를 외면하고자 하는 마음과 포기할 수 없는 마음으로 분열되어 있다.

이야기는 '전개'에 이르러(「방의 전개」) '발단'에서와는 사뭇 다른 위치에서 발화하는 목소리를 들려주는데, '전개'

의 화자는 "닫힌 방들을 뒤척"이던 일전의 '나'를 두고 "입이 말라 버린 나무"와 같이 규정하며 당시의 '나'를 상대화하는 목소리를 들려준다. 이전과 달리 "방에서 갈라져 나온 뒤"의 시공간에서 화자는 "사막의 발단을 출발하여 가느다란 아가미가 발생하기까지" "익숙해질 시간이 필요"하다고 말하며, 마치 '우리'가 눈물의 불모지에서 벗어나 이제는 눈물로 가득 찬 공간으로 나아갔다는 듯 얘기한다.

이처럼 한 단계 나아간 것 같은 '전개'의 화자는 시의 종결부에 이르러, "밤새 발밑에는 좁은 사막이 쌓이는" 원래의 방으로 '다시' 들어감으로써 불모의 공간으로 거듭 회귀하는 모습을 보여 준다. 매일 밤낮으로 사막과 홍수라는 양극단의 두 공간을 부지런히 오가는 화자를 보고 있자면, 독자는 저 화자의 애도에의 노력이 어쩌면 실현되지 않을까 기대할 수도 있을 것 같다. 그런데 저 방의 이야기의 '결말'이라는 것이 "빌어먹을" 어떤 "잡종"이다. '괴물'("우리 사이의 공간")과 '식물'(네가 부재하는 빈자리에서 너를 향하던 '나')의 교배를 통한 우리의 노력은 결국 '이별'이라는 목표를 달성하지 못한 채 애도의 실패로 귀결된 것 같다.

지금까지의 해석에 따르면, 방의 이야기는 그 자체로 애도의 실패를 상연하는 비극 이야기처럼 보인다. 발단에서 전개, 결말에 이르기까지 방의 이야기는 이별 이후의 어떤 과정을, 그리고 어떤 실패를 우리에게 단계적으로 들려주는 것 같다. 그런데 독자는 저 방의 이야기를 통해 애도 과정의 실패를 안타깝게 바라보았을지언정, 이를 몸소 되살아 낸 듯한 느낌을 받기는 어려웠을 것이다. 독자는 세 편의 시를 통해 우리를 압도하는 '타자'로서 '증상'의 목소리를 들었다기보다, 어느 정도의 여유를 지니고 거리를 둔 채 증상을 상대화하는 '나'의 목소리를 들었기 때문이다. 이야기의 내용은 애도의 '실패'를 얘기했을지언정, 내용을 전달하는 형식-발화의 차원에서 종합 불가능한 긴장과 실패가 충분히 담겨 있지 않은 셈이다.

그러나 독자는 저 이야기의 형식에 숨겨진 또 나른 실패를 마주하며, 방의 이야기가 실은 조금 다른 이야기를 하고 있다는 점을 발견한다. 다시 살펴보면, 독자는 방의 이야기에서 '너'의 상실 이후 변모하는 '나'의 모습을, 더 정확히는 직전의 '나'를 거듭 상대화하고 반성하며 변모하는 '나'의 모습을 발견한다. '발단'의 '나'는 상실을 외면하던 '나'를 대상으로서 바라보며 대자(對自)적으로 존재했고, '전개'의 '나' 역시 이제 '발단'의 '나'를 대상으로 삼으며 동일한 과정을 수행했다. '결말'의 '나' 또한 마찬가지로 '전개'의 '나'를 대상으로 삼아 그간의 '나'를 규정하며 존재하고 있다.

이별을 외면하다 결국 증상적으로 존재하는 '나'(「방의 발단」), 증상을 앓는 '나'를 마주하며 애도에의 여정으로 나아가는 '나'(「방의 전개」), 애도에의 여정을 성실히 수행했음에도 실패하고 마는 나(「재생―방의 결말」). 이처럼 이야기의 단계마다 규정되는 '나'를 비롯해 "우리가 창문이 없는 방이었을 때"를 회상하는 '전개'의 '나'와, 거듭 "방에서 갈라져 나왔"음에도 "웃풍에 시달리"고 있는 '결말'의 '나'를 보고 있자면, 독자는 '방'의 이야기가 다름 아닌 바로 우울 이야기 속 '나'의 이야기라는 사실을 눈치챌 수 있을 것이다. 주목할 지점은 방의 이야기가 진행될수록 '나'가 점점 더 커진다는 사실. '방'으로서 '나'는 직전의 '나'를 반성함으로써 마치 차원을 높여 가듯 '나'라는 공간을 더욱 넓혀 간다. 요컨대 우울의 세계에서 '나'는 스스로를 상대화하며 '나'로부터 거듭 벗어나고자 노력하지만, 그럴수록 '나'는 점차 커져만 갈 뿐 좀처럼 '나'로부터 벗어나지 못한다.

따라서 독자가 방의 이야기를 통해 얻을 수 있는 결론이란 우울 이야기 내부에서 전개되는 또 다른 이야기, 즉 발화-형식의 차원에서 발견되는 끔찍한 '나'의 이야기에 다름 아닐 것이다. 방의 이야기가 들려주는 바, 실패하는 애도 이야기의 한가운데에 '나'가 있다. 우울의 세계 속 '나'는 항상 어떤 '방'에 갇혀 그 크기만 키울 뿐, 홀로 존재할 뿐이다. 그러므로 독자는 '너'와의 대화 속에서 가정되며 존재하는 '우리', 더 정확히는 부재하는 '너'를 지향하며 형성된 '우리'가 별수 없이 1인칭의 '우리'일 수밖에 없다는 사실을 쓸쓸하게 깨닫는다. '우리'는 '나'의 또 다른 모습일 뿐, '나'는 좀처럼 '너'를 향할 수도, '우리다운 우리'가 될 수도 없다. 대개의 '나'들은 여러 차례 '나'를 반성하고

'너'를 향한 어떤 다짐을 이어 가지만, 그러한 노력은 '너'와 '타자'의 자리를 마련하기보다 그저 더 크고 새로운 '나'를 구성하기 위한 에너지로 환원되고 말 뿐이다.

4 나에게

처음의 가정으로 돌아가 보자. 시인은 거듭 '너'와의 대화를 포기하지 않은 채 '나'의 위험에도 불구하고 '너'를 향한 어떤 힘겨운 '의지'를 거듭 보여 주었다. 그러나 방의 이야기에서 살펴보았듯, 시인은 '나'의 한계를 명확히 인지하고 있으며, 독자 역시 이를 충분히 전달받았다. 우리는 방의 이야기를 통해 애도의 실패에 공감하지는 못했을지 모르나, 실패의 원인과 관련하여 깊은 씁쓸함을 느끼지 않을 수는 없다. 그럼에도 시인이 '너'를 향한 '나'의 의지를 포기하지 않는다면, 저 의지와 한계 사이에서 발현되는 긴장과 모순이야말로 우리가 주목해야 할 지점이 아닐까.

우리는 시집 초반의 시편들을 통해 '너'를 향한 의지를 확인했고, 다른 한편에 놓인 방의 이야기를 통해 '너'를 향한 의지의 불가능성을 확인했다. 무력해 보이던 '너'를 향한 의지는 점점 더 커져만 갈 뿐인 '나'와 대립하였고, 그것을 지켜보던 독자는 저 의지가 참으로 무력한 것임을 다시금 확인하였다. 그러나 이 모순적 대립과 더불어 무력함을 확인한 것 이상으로, 독자가 '나'를 둘러싼 한계에 대한 깨달음을 보다 극적으로 체험한 것 역시 사실이다. 애도를 향한 노력의 이야기 속 '너'를 향한 목소리가 부재했다면, 방의 이야기에서의 실패가 그리 씁쓸하게 다가올 수 있었을까. '나'라는 감옥에 갇혀 있음을 아프게 깨닫는 계기는 '나'로부터 거듭 탈출하고자 하는 불가능한 욕망에 대한 낭만적인 지향과 맞물려 있다.

그렇다면 우리는 위와 같은 갈등과 긴장, 그리고 패배 속에서 깨닫는 '나'의 한계와 관련해 어떤 '비극'의 감정을 느꼈다고 말해 볼 수 있을까? 대개의 우리란 비극으로서의 우울 이야기를 좀처럼 받아들일 수 없는 연약한 '나'이지만, '나'는 좀처럼 '나'밖에 모른다는 한계만큼은 인정하지 않을 수 없기 때문이다.

우리는 이미 우울을 야기한 상실을 통해 '나'가 '너'와 긴밀히 연결되어 있으며 그것에 의존해 존재한다는 사실을 확인한 바 있다. 즉 '나'는 '너'의 상실과 부재를 겪으며 누구보다 '나' 자신을 상실했고, 우리는 그것을 좀처럼 받아들일 수 없었다. 그러나 '나'가 이러한 비극을 좀처럼 받아들일 수 없는 존재라는 것을 깨달은 이후라면, 이제 우리는 '나'로부터의 불가능한 탈출을 욕망하기보다, 비극의 주인공으로서 '나'를 애도해야 할 필요를 느낀다. 이제 방향을 바꿔, 내가 진정 상실한 것이 '너'가 아닌 '나'라는 사실을 깨닫는다.

나는 너의 지난 일요일을 기다리고 있다

네가 드나들던 말문을 닫으며

나는 입속으로 들어와

서걱거리는 모래처럼

노력은

잘려 나가 두 팔로 온밤을 끌고 다니는 일

기도를 통해

몸속에 협곡을 쌓는 일

가파른 표정에 매달려 한참을 버티는 일

이를 악물고

나는 난간 앞에서 너를 내려다본다

까마득한 수심과

파고를

너의 위로…… 세워진 다리들을

나는 무너지려는 층위를 이해할 수가 없다

　　　　　　　　—「나의 측면에서」에서

　시 쓰기-읽기의 과정이 '너'를 애도하기 위한 것이기 이
전에 '나'를 애도하기 위한 것이라면, 우리는 이제 '너'가 아
닌 '나'를, 물음의 대상인 '타자'로 상정해 볼 수 있겠다. 시
집에서 거듭 호명되는 '너'는 타자로서의 '나', 일상과 상식
의 '나'가 이해하기 어려운 '증상'으로서 '나'라고 말이다.
'너'의 목소리를 듣는 것이 불가능하다는 것을 알게 된 이

상, 형식적으로 '너'를 호명하는 것이 아니기 위해서는, '너'는 나의 무너짐을 통해 드러났던 '너', 지금의 '나' 이전의 조건으로서 '관계'의 산물이자 이제는 내 안에 증상으로 존재하는 '나'여야 할 것이다. 무엇을 잃어버렸는지 정확히 알 수 없는 우울의 세계에서 '나'는 '나'로부터 떨어져 나간 무엇을 통해서만 상실한 '너'를 확인한다. 예컨대 애도의 "해답은 눈의 뒷면"에 존재하는 '너'를 발견해 그 울음을 "닦아 내는 일"(「원년」)이라는 믿음, 그리고 애도의 시 쓰기에 다름 아닐 '나'의 문장들이 "한마디 말도 안 되는" "감탄사"(「우리 존재는 부재의 산물」)인 '너'로부터 출현한 것을 보자면, '너'야말로 '나'가 알지 못하는 '나' 안의 타자이자 내가 듣고자 하는, 애도하고자 하는 '나'에 다름 아닐 것이다.

그러므로 '나'는 "난간 앞에서" '너'에 가까운 '나'를 내려다본다. 도통 이해하기 어려운, 저 "무너지려는 층위" 앞에서 그리고 위에서, '나'는 "까마득한 수심과/ 파고를" 본다. 너(증상)와 내(울음)가 함께 만들어 낸 저 깊고 높은 "협곡"의 현장에서 우리는 무너지지 않기 위해, 팔도 없이, 이를 악물고 한참을 버틴다. 이제 시인은 '너'를 향한 의지를 '나' 안의 '너'로 전환해 내 안의 타자에 대한 의지를 포기하지 않으며 '나'에 대한 질문을 이어 간다. 반성을 거듭하는 '나'는 이제 '너'에 다름 아닐 '나'와의 갈등과 긴장으로 진동한다. 방의 이야기가 거꾸로 전개되었던 것처럼 시인은 지금의 '나'의 기원을 향해 거듭 질문하고, '나'는 '너'와의 긴장 속에서 지난 '나'를 반성하며, 우울 속의 '나'를 기록해 나간다.

독자는 일종의 우울로부터의 수기라고 읽을 수 있을 이 한 권의 시집에서 우울의 현장에서 스스로를 파괴하지 않기 위한 노력의 목소리를 듣는다. 비록 저 '나'의 목소리가 증상으로서 '너'에 닿지 못한 것이라 하더라도, 내 안의 '너'에 닿기 위한 한계적인 '나'의 노래라 할지라도, 추락하기를 바라면서도 그것과 갈등하고 긴장할 수밖에 없는, 좀처럼 납득하지 못할 자기 안의 어떤 목소리를 발견한 시인이 이를 악물고 쓴 기록들에 마음을 빼앗기지 않을 수 없는 것이다. 그렇게 독자는 긴장 속에서 불연속적으로 기술되는 '나'-인물들의 다양한 모습을 살펴보며 저마다의 우울 이야기를 구체적이고 세밀하게 완성해 간다. '나'에 대한 질문을, 나를 애도하는 작업을 함께 이어 간다.

5 우리에게

기도는
지나간 시간을 하염없이 지나가는 길이기도 해
좁고
구불거리는 기도를 따라
다른 사람이 될 때까지 가 보자

이해해?

자정과 정오 사이 어딘가에서

우리는 우리라는 장소를 찾는 거래

우리에게서 창작된 우리들이

빈 문서 위로

위로처럼 쌓여 가네

위태로운 가장자리들의 제자리일

우리를

오해해

우리는 제발이라는 단어 앞에 우르르 몰려들었는데

우리가 상자를 열기 전부터

—「행」에서

　독자는 시집 전반에 걸쳐 계속되는 어떤 "제발"의 마음을, '너'와 더불어 가능해질 '우리다운 우리'를 향한 절절한 마음을 마주한다. "다른 사람이 될 때까지 가 보"는 저 마음은 방 이야기의 '결말'과 대립하고 긴장하지만, 우리는 저 긴장 속에서 외려 불가능성을 깊이 깨달은 바 있다. 나름으로 거듭 애도를 수행하던 '우울 이야기'라는 큰 틀 속에서 모순적으로 전개되는 방의 이야기를 통해 '우리'가 '나'라는 일종의 탈출할 수 없는 감옥에 갇혀 있는 것을 확인했다. 우리가 "인간"으로서, "가장 잘할 수 있는 일"이란 "나"와 "너"를 "외면"하는 일(「나의 윤리」)이며, 우리의 "윤리"

란 기껏해야 너를 향해 "두 팔이 잘린 채로 추는 춤"(「윤리는 침울하다」)일 뿐이다.

그렇게 그간 "제발"의 마음으로 탄생한 "창작된 우리들"은 "행"의 자리를 차지해 왔고, 그 가운데 '우리'는 어느 정도 "위로"받았다. 그 위로는 분명 더 두터워지고 커진 '나'에 다름 아니다. 그러나 화자는 이를 "증오하기로" 하고 또 "오해"하기로 함으로써, '행'을 떠나 거듭 "행간"을 시향한다. '나'의 한계에서 드러났듯, 이는 한편으로 '나'를 상대화하며 "다인칭으로 읽히는 유일신"(「어둠이 있었다」)이 되어 가는 일이지만, 다른 한편으로 '나'는 거듭 행간을 지향함으로써 마치 슈뢰딩거의 고양이처럼 존재할 '행'의 자리를 기대하고 새로이 생산하는 것일지도 모른다.

내가 너로 인해 혼동을 겪는다면 너는 이미 나의 일부이고 나는 너 없이 어디에도 존재하지 않는 것이다. 내가 '너'에게 어떻게 연결되어 있는지를 알아내지 않고서는, 너를 알려면 나의 언어가 부서지고 굴복해야 한다는 것을 깨닫고 다른 언어로 바꿔 말하는 노력을 하지 않고서는 내가 '우리'를 소환할 수 있는 길은 없다. 너는 이 방향감각의 혼란과 상실을 통해서 내가 얻게 되는 결과이다. 이것이 바로 인간이 존재하게 되는 방식이다. 다시 또다시, 여전히 우리가 알지 못하는 그 무엇으로서.*

* 주디스 버틀러, 윤조원 옮김, 『위태로운 삶』(필로소픽, 2018), 85~86쪽.

거듭 '행간'으로 나아가며 "창작된 우리들"인 '나'의 목소리들을 기록하고 듣는 것은 그저 단순한 위로의 기능을 넘어선다. 이것은 비극이 불가능한 '나'가 '나'를 애도하는 방법이다. 우리는 '너'에 가까운 '나'의 목소리를 듣고 또 그것을 통해 '나'의 이야기를 보다 세밀하게 그려 나간다. 그런데 그런 '나'의 전모가 "'너'에게 어떻게 연결되어 있는지를 알아내지 않고서는" 불가능하다면? 또 그런 '너'를 알기 위해서는 "나의 언어가 부서지고 굴복해야 한다는 것을 깨닫고 다른 언어로 바꿔 말하는 노력"이 필요하다면? 우리는 다소 난감한 모순적 순환의 고리에 빠진 느낌을 받는다. '나'의 목소리를 충분히 듣고자 한다면, 내 안의 '너'일지라도 거듭 '너'를 향해야 하고, '나'는 다시 무너져야 한다. 이로써 우리는 시인이 거듭 '너'를 향하게 된 이유를 하나 더 추가한다. '나'를 애도하기 위하여, 상실한 '나'를 더 잘 듣기 위하여, '나'는 '나'라는 한계에 갇혔음에도 불구하고 '너'를 포기할 수 없다.

어느 날,
마침내 우리가 되어 버린 피조물을 발견해도 될까요?
다리가 없거나
다리가 네 개뿐인
사랑
사랑

사랑

사랑

사랑

사랑

사랑

사랑

……

우리는 짧은 배웅을 끝마칠 거니

———「인간적인 우리에게」에서

우울의 이야기로 다시 돌아가 보자. 우울의 이야기에는
세 명의 '나'가 있곤 했다. 증상을 체현하는 '나', 그런 '나'
로부터 벗어나기 위해 노력하는 '나', 마지막으로 그런 '나'
들을 인물로 삼아 이야기로 전달하는 서술자 '나'까지. 그
럼 '방'의 이야기에서 본 '나'들은 위의 이야기에서 어떤
'나'들일까. 발단, 전개, 결말 각각의 '나'는 얼핏 순서대로의
'나'(증상/노력/서술자)에 가까워 보이지만, 타자로서 '증상'의
목소리를 들을 수 없는 연약한 우리로서는, '방'의 이야기
에서 살펴볼 수 있는 '나'란 모두 스스로를 거듭 상대화하
고 규정하며 존재했던, 저 '노력하는 나'에 해당할 것이다.

다만 우리는, 우울 속에서 '노력하는 나'가 '우리'로 존재
하는 것을 확인한다. 저 '우리'는 불가능한 '너'와 함께 구
성하는 '우리'라기보다, 거듭되는 반성에 의한, 이전의 '나'

와 더불어 존재하는 '우리'일 것이다. 내 안의 '너'일 증상을 회피하며, 마주하며, 좌절하며, 그렇게 '나'들의, '우리'의 이야기를 적어 나간다. 그것이 비록 일종의 폐쇄적인 나르시시즘처럼 보일지라도, 저 자기애는 자기에 대한 물음의 연속을 통해 스스로를 파괴하는 우울의 힘으로부터 '나'를 지켜 주며, 결국엔 '우리'를 '너'를 향한 절벽에 서게 한다.

한 권의 시집을 통과하며 '나'는 "짧은 배웅을" 도무지 끝마치기 어렵다고 말한다. 시집을 통과한 독자 역시, 뚜렷한 결말을 얻지 못한 채 '나'를 탐구하고자 하는 질문들이 '너'와의 긴장 속에서 끝없이 이어지는 것을 확인했을 것이다. 마치 우울에는 끝이 없다는 듯, 하루하루 꾸준히 '우리'를 기록하는 것만 같다. 우울의 여러 과정에서 등장할 법한 여러 '나'들은 서로 긴밀히 연결된 관계 속에서 갈등을 거듭한다. 그렇게 '너'로 인한 고통과 노력, 좌절과 희망 그 양극의 감정과 태도를 오가며 '나'-인물들은 또 다른 '눈'이 되어 이야기 바깥의 우울한 '나' 독자들을 바라본다. 그리고 독자는 화가 세잔이 그림을 통해 그러했던 것처럼, '나'를 찌르는 저 '눈'으로부터 벗어나기 위해서는 거듭 더 정확히 '나'를 기술해야 할 것 같은 마음을 느낀다. 우울에 파괴당하지 않기 위해 우리는 '우리'로서, '너'를 지향하며 끝없는 우울의 수기를 써 나가야 한다. 그러므로 우리는 예감한다. '너'와의 긴장과 역설을 무수히 반복한 이후에 도래할 어떤 새로운 관계를, 새로운 잡종을, 새로운 행을.

지은이 **윤종욱**

1982년 경북 예천에서 태어났다. 서울예대 문창과를 다녔다.
2015년 《한국일보》 신춘문예로 등단하며 작품 활동을 시작했다.

우리의 초능력은 우는 일이 전부라고 생각해

1판 1쇄 펴냄 2020년 8월 28일
1판 3쇄 펴냄 2022년 7월 13일

지은이 윤종욱
발행인 박근섭, 박상준
펴낸곳 (주)민음사

출판등록 1966. 5.19. (제16-490호)
서울특별시 강남구 도산대로1길 62(신사동)
강남출판문화센터 5층 (06027)
대표전화 02-515-2000 / 팩시밀리 02-515-2007
www.minumsa.com

ISBN 978-89-374-0894-6 04810
      978-89-374-0802-1 (세트)

* 잘못 만들어진 책은 구입처에서 교환해 드립니다.

민음의 시

목록